邂逅古亭的56朵芳菲

林泰安 製作

楊維仁 主編

序

邂逅古亭，詩情畫意

古亭國中校長　林泰安

「沈溺在詩畫集的流水年華裡，弱水三千，取一瓢我們共飲。」

　　身在美麗的古亭國中校園，點點陽光滲入翠綠草地，輕上池畔邊圓拱階梯，抖落掉風帶來塵囂。老師與孩子們就這樣靜靜的看著天地之間的光影迴盪，以吶喊、想像與紀錄，喚醒內心具有愛自己、愛他人與愛環境的能力，勾勒出詩情畫意的美好境地。詩與畫的邂逅，詠嘆著生命，觸動著情緒，自由活潑地活著，這本書不僅可以「唸」、可以「讀」、可以「唱」，可以「吟」，亦可以「畫」。感謝主編 楊維仁老師、美編 林昕曄老師、江紫維老師、王家笛老師及出版社「萬卷樓圖書公司」，看著一朵朵的芬芳綻放，是燦爛與華美，更是汗水與渴望。

　　『詩』是跨越真實與想像邊界的橋，游牧在奇幻、填塞想像及文化絞揉的字裡行間，我們串起與世界的深層連結，重拾支持與關懷的力量，更讓讀者捲起袖子邁步向前。

　　『畫』是窺看人們與環境共生的管，凝鍊在繽紛、訴說故事及景物鑲嵌的大千空間，我們繪出藏心中的萬

紫千紅，匯聚美感與文化的洪流，更讓觀者振起驚嘆俯仰長思。

　　《邂逅古亭的 56 朵芳菲》精選古亭國中學生現代詩創作 56 首，書中的插畫皆由本校學生繪製，其中 56 首現代詩的來源包括全國性文學獎項優勝作品，如國立台灣文學館愛詩網徵詩首獎、澎湖縣菊島文學獎首獎、新北市文學獎第三名；地方性文學獎項，如臺北市青少年文學獎首獎、北市青年金筆獎第一名；古亭青年文藝獎優秀作品；國文教師推薦優秀作品及本次校慶徵詩比賽優秀作品等。

　　《邂逅古亭的 56 朵芳菲》乘載著亭中同學的青春印記，以最少的語言，來表達最多的文字；以最精鍊的畫面，去傳達最複雜的情感。此本刊物的出版，從選詩、繪畫、分輯、目錄、訂定名稱、寫序、版面規劃與版型設計、送印、打樣及宣傳，皆由亭中師生悉心安排。詩畫集誕生綻放的過程，即是詩創作的一種延伸，我們如同河流不論曲直就是前行；詩畫集付梓分享的喜悅，亦是詩迴響的一種共鳴，我們如同山嶺不論日夜就是思念。邂逅著讓人動情著數朵芬芳，憶起唐朝詩人張若虛〈春江花月夜〉中「此時相望不相聞，願逐月華流照君。」千萬里中，月光連貫。對於每個古亭人來說，詩與畫又何嘗不是如此呢？

目錄

序	邂逅古亭，詩情畫意	林泰安	02
1	煮　詩	羅椿筵	07
2	尋詩列車	李芷葳	11
3	尋‧詩	吳于杏	15
4	花　繪	王之聿	19
5	櫻	王芃雯	21
6	花	黃瀞儀	23
7	俘　虜	屈姸兒	25
8	曼珠沙華	邱湘庭	29
9	題　組	陳汙琛	33
10	髮　飾	陳貞廷	37
11	焦糖瑪琪亞朵	林師卿	39
12	璃　別	吳宗澤	41
13	裁　縫	董玉庭	43
14	告　白	陳佳佑	47
15	應聲者之歌	吳于杏	49
16	我那睡醒的貓咪	顏子驊	53
17	水族箱	羅椿筵	57
18	印表機	梁舒婷	61
19	面　具	卓佳威	65
20	修正液	徐紫媛	69
21	棉　被	彭苡庭	73
22	紙　船	呂宸安	75
23	水　餃	王俊元	77
24	茶	藍沁妤	81
25	咖　啡	王芃雯	83
26	落　葉	吳于杏	85
27	流星雨	羅椿筵	87
28	天　空	司惟云	89
29	色鉛筆	陳貞廷	93

Contents

30	青蛙只會唱一首歌	卓佳威	97
31	紙　鶴	陳貞廷	99
32	追　夢	郭家伶	103
33	兜　圈	林珈羽	107
34	如果　眠	王怡婷	111
35	規　則	高暐媝	115
36	解　誤	李芷萱	119
37	化　妝	彭苡庭	123
38	近　視	陳亭妤	127
39	年　華	劉書崙	131
40	夜　車	官于傑	135
41	夜	盧欣昀	139
42	熄　燈	李芷萱	141
43	路　過	李芷葳	143
44	破。殼	秦楠淳	145
45	如果女人像水	張乃云	147
46	風華再現	高婕玫	151
47	托漪洌之城	陳**汗瑈**	153
48	地球悲歌	黃淑琪	157
49	揮別塵濁	李芷萱	161
50	肺	趙恩群	165
51	篩　網	吳芸宴	169
52	中元節	余志洋	173
53	冉冉升空的熱氣球	顏子驊	177
54	雙心石滬	林玟均	181
55	淚的痕跡	羅椿筵	185
56	詩的可能	李芷葳	189
	附錄 古亭詩路		193
	編輯感言	楊維仁	203

邂逅古亭的 56 朵芳菲

邂逅古亭的56朵芳菲

煮　詩

羅椿筵

民國 93 年出生於台北市，就讀古亭國中。喜歡魔性笑聲，是手作機關狂魔，對一切超萌事物，白血球會迅速減少。上了國中後，多虧楊維仁老師的指導，我才漸漸了解到自己有能力寫詩。曾獲澎湖縣菊島文學獎青少年組現代詩首獎、台北市第 11 屆及第 12 屆青少年文學獎國中新詩組優選、《北市青年》金筆獎國中新詩組佳作、台灣癲癇醫學會人間有情關懷癲癇徵文比賽國中組佳作、古亭青年文藝獎新詩組首獎與優選。

煮　詩

羅椿筳

把當令的思緒切絲
心情剝削成塊
搗磨一點點遐思
試圖以完美的比例
加油添醋

倒入 1/2 杯異想天開
一茶匙，投入地
出神
我用小火，煎熬
過，還是煎熬
蒸扎了一壺詞彙
鬱悶出半個世紀的風味

味道的輪廓，模糊的
攪拌逆時鐘的漩渦
味蕾篩濾出每一個字句
一朽餘韻
在舌尖嘗試出畫面的履印

燉了滿鍋的故事
最後請讓我，再撒上
些許的星輝
提味

第十二屆台北市青少年學生文學獎國中新詩組優選

圖／屈妍兒

圖／彭苡庭

邂逅古亭的56朵芳菲

尋詩列車

李芷葳

民國 93 年出生於台北市，目前就讀古亭國中。曾獲得國立台灣文學館愛詩網新詩創作獎青少年組佳作、台北市青少年學生文學獎國中新詩組佳作、古亭青年文藝獎散文組優選。

寫作很神奇，當一串字排在一起時，會散發驚人的力量，可以讓我們快樂、感傷、憤慨，甚至恐懼萬分。感謝我有寫詩的能力，也期許我繼續進步，在未來能夠創造出感動很多人的作品。

圖／李芷葳

尋詩列車

李芷葳

列車駛過田野
金黃的麥穗向我揮手
我便悄悄把稻香帶走
記下那片遼闊

列車爬過山坡
繽紛的野花向我微笑
我便悄悄把芬芳帶走
記下那叢清秀

光影的偶合
勾勒浮雲的奇遇
風卻倏然抹煞
徒勞向天幕搜尋
僅留住幾縷殘餘
斷線的記憶

隧道是心路的牢房
黑暗與時間
以凝滯折騰燃油
思緒狂亂如野馬
衝撞軌道的寂寞
咆哮對光點的渴望

漁火燦如天星
捎來塵囂外的信息
潮水激昂的節奏
一波又一波
喚醒了晨曦
我帶著農莊，市鎮，山巒，海洋
採集未知的際遇
從下一站

國立台灣文學館「2017 愛詩網新詩創作獎」青少年組佳作

邂逅古亭的56朵芳菲

尋 · 詩

吳于杏

民國 89 年生於新北市，現在就讀北一女中。喜歡吃、睡覺跟小說，最近沉迷於 priest。能夠寫出一點點東西都是因為老師的各種幫助，謝謝老師。曾獲得台北市青少年學生文學獎、新北市文學獎、全球華文學生文學獎、大嘉文學獎、菊島文學獎、古亭青年文藝獎。

圖／樊馨儀

尋 ‧ 詩

吳于杏

你不再接納我了，不再輕易對我妥協
沒有人知道你到哪裡去了
映入窗裡的
此刻也只有切割整齊的藍天

還記得你喜歡下午，喜歡夏天
還記得你總蜷臥在
樟木味道的長椅上
那片斑駁陰影
時而像深綠色的漩渦
吸入我出神的時光

你不再接納我了，不再輕易對我妥協
即使拓下整片
邊緣模糊的藍天
手一碰就碎成片片
沒有一個畫面
能把我帶向你身邊

還記得你喜歡下午，喜歡夏天
總在我忘了帶傘時出現
記得你總跳躍在透明中

落在聲音上
無比清脆，彷彿初生
你那被距離模糊的輪廓
總吸入我出神的時光

無法收納的藍天融成透明
滴下時溫度變得柔軟
低首許一個真誠的願
此刻面前的小窗
不再映照月光
是你穩穩對視的一面鏡
沒有迷茫

尋找你
像尋找我自己

街燈斷續閃爍著
從深處緩緩亮起
是你羽翼，色澤的漸層
鏡中不規則的火焰
燒在現實邊緣，如你一般
帶來窒息感和熱燙
我是觀火的人，抑或正在自焚？

第八屆台北市青少年學生文學獎國中組現代詩首獎

花　繪

王之聿

民國 89 年出生於新北市，現在就讀永平高中。我喜歡身邊的各種事物，喜歡用各種方法描繪下來，每一幅作品都代表著不同的我。曾獲《北市青年》金筆獎國中新詩組佳作、古亭青年文藝獎小說組首獎。

花　繪

王之聿

一抹紅　一抹白
或許再一抹紫
描繪她的輪廓
渲染她的色調
一筆　一筆　輕柔飛快
精心刻畫
形　色　光　趣
如夢如幻
明暗　重疊　平刷　修飾
缺一不可
為我們妝點
春天的嬌容

第廿三屆《北市青年》「金筆獎」國中新詩組佳作

圖／王之聿

櫻

王芃雯

民國 93 年出生於新北市，現在就讀古亭國中。常常放空到文字世界嬉
遊，也喜歡回到現實遊山玩水，期望能過著無憂無慮的生活。曾獲《北
市青年》金筆獎國中新詩組佳作、台北市國民中學生涯發展教育「職」
入我心生涯體驗心得寫作徵文比賽佳作、古亭青年文藝獎散文組優選與
佳作。

櫻

王芃雯

暮冬的時候
捧一把相思
以一抹初戀染色
等早春的徐暖
融出縷縷蜜線纏綿枝頭
編織出淺粉的
雲在風中輕躍

圖／王芃雯

花

黃瀞儀

民國 93 年出生於台北市，目前就讀古亭國中。喜歡看小說和《舞穗》上學長學姊的新詩作品，有時候無聊就即興發揮，不管寫得如何，想到就寫，目的就是要越寫越出色，希望未來能寫出一篇獨樹一格的好詩。

圖／潘盈晨

花

黃瀞儀

誰說枝上才有？
燃燒的烈焰
洶湧的浪濤
燦爛的煙火
甚至浪漫的邂逅

各種的絢麗
都在凝望的瞬間
綻放

俘　虜

屈妍兒

民國 92 年出生於臺北市，現在就讀中正高中。曾獲古亭青年文藝獎新詩組首獎、散文組首獎、小說組佳作。
自小熱愛閱讀，在開鑿自己的思維以後，逐漸堆砌出小小的文學世界。
同時對藝術有極大的熱情，期盼有一天能讓這兩件事成為我的代名詞。

圖／屈妍兒

俘虜

屈妍兒

粉嫩於枝枒　　交織
氤氳
高傲
碎成片片　　碎成片片

俘虜於波心　　緩
朦朧
指縫殘存　　溫
碎成片片　　碎成片片

就連禁錮也
柔韌
仍在熹微啃食中
繼續蔓延在我沸騰的　　牽掛
笑靨
碎成片片　　碎成片片

走進我心　封閉我情
熱淚與唇角　羼入
相擁的溫存
粉色的雙頰
碎成片片　碎成片片

於是走入桃花源
以粉碎花與細枝相依
凝為
愛的俘虜

註：桃花的花語為愛情的俘虜

第六屆古亭青年文藝獎新詩組首獎

曼珠沙華

邱湘庭

民國 91 年出生於台北市，現在就讀中山女高，曾獲古亭青年文藝獎新
詩組優選、小說組佳作。

悲傷烏雲只能籠罩三分鐘，卻容易被幸福感填滿小心臟的典型雙魚座。
喜歡隨時捕捉身旁每一個感動的小片刻，期盼的是能寫下停佇在大家心
裡很久很久的故事。我是一個平凡的人，卻懷抱著非凡的夢。嘿，我是
邱湘庭，你今天也和我一起微笑了嗎？

曼珠沙華

邱湘庭

花開彼岸
似紅　似火　似鐫在你心上的那抹愁
奈何橋畔依舊
僅少了手中有你緊握的溫柔

有花無葉　一晃復何年
卻憶起你昔日笑顏　青衣翩翩
淚水潰決　思念繾綣
我笑看紅塵　再別黃泉

有葉無花　獨映斜陽飄蕩
遍地殘枝　傷心血淌
不見雁回　別來無恙？
欲越橋飲下孟婆湯
回首卻不見你擁我入懷的猖狂
星憶點點　天際閃耀輝煌

陌上花開　與你緣定忘川
輪迴
不作彼岸作比翼鴛鴦
來生
攜手浪跡走天涯

第六屆古亭青年文藝獎新詩組優選

圖／古淨恩

邂逅古亭的 56 朵芳菲

陳汗琗

民國 89 年出生於台北市，現就讀於鶯歌高職。曾獲得新北市文學獎青
春組短詩第三名、國立台灣文學館愛詩網新詩創作獎青少年組佳作、台
北市青少年學生文學獎國中新詩組佳作、大嘉文學獎國中小現代詩組第
三名、古亭青年文藝獎小說組佳作。
當你翻開這一頁，在一場平凡而不凡的異想裡，歡迎你邂逅我的小小詩
界。

題　組

陳汗瑈

計算紙上呢喃自語
仍算不出一組
情的方程式
愛的微積分

X 與 Y 的未知在座標平面上交　錯
公式的存在無法簡化我們的關係
感情不想摻入負號
一切又能否探計絕對值就好

無解　混沌的空間
失控的滑落

宇宙星河中的一粒塵埃

歸零　重組
加上幸福減去傷痕乘出時光除以思念
亙古的定理奠定於架構的屹立

頓筆　在右下角
寫下專屬我的答案

第四屆新北市文學獎青春組短詩第三名

圖／林莫凡

髮　飾

陳貞廷

民國 93 年出生於新北市，現在就讀古亭國中美術班。喜歡一邊聽歌，
一邊畫圖。

這次我的作品可以入選這本詩集，我感到非常榮幸。曾經獲得《北市青
年》第 24、25 屆金筆獎國中新詩組佳作、古亭青年文藝獎新詩組佳作。

髮　飾

陳貞廷

水曲水直
我是一尾魚
思念
漫游在你的髮
掀起漣漪

圖／陳貞廷

焦糖瑪琪亞朵

林師卿

民國 90 年出生於台北市，目前就讀國立台北商業大學企業管理科。日常裝備一枝畫筆、一台相機、一杯咖啡，用來描寫值得被記錄的每一刻美好。不想在所謂正規的人生上蹉跎光陰，正努力成為說故事的人。曾獲台北市交通安全創意標語比賽國中組第一名、古亭青年文藝獎短詩組優選、古亭青年文藝獎新詩組佳作。

焦糖瑪琪亞朵

林師卿

義大利的精華濃縮成苦澀
老照片的焦糖色是一切故事的陪襯
白如冰霜的愛心被細膩地謄寫
最粗略的奶香
為了思念無限延伸，翠葉
形狀是心思的堆疊
望你啜飲的嘴角
掛著我純白而青澀的思念

第五屆古亭青年文藝獎短詩組優選

圖／林師卿

璃　別

吳宗澤

民國90年生於台南市,現就讀於華江高中。一介文青,自詡,喜歡閱讀、散步,偶爾寫作。夢想是能出一本屬於自己的書。曾獲新北市文學獎青春組新詩佳作、華江高中「華城文藝獎」散文組第一名和小品文組第三名,以及古亭文藝獎短篇小說類首獎、短詩類優選、新詩類佳作。

璃　別

吳宗澤

一整瓶的清脆炸裂
聲響迴盪，連那
冰冷的地面
也為之撼動
空氣裡的寧靜
被震得四分五裂，與
淚珠一同，飛散
聽說是，所謂璃別

第五屆古亭青年文藝獎短詩組優選

圖／林恩雨

裁 縫

董玉庭

民國 93 年出生於台北市，現在就讀古亭國中。從小熱愛畫圖，因為有了老師的幫助，才讓我踏入文學的世界，曾經獲得古亭青年文藝獎新詩組佳作。我自認為我的經驗還遠遠不足，這一次能入選這本詩集，使我充滿了自信。

圖／董玉庭

裁　縫

用一匹純潔的心靈

繪出　冀望的輪廓

刀刃的探索

裁開我的猶豫

在零散的記憶中

拼湊

交織，針與線的際遇

戛然而止

忐忑不安的線頭　纏綿

與你曖昧的針距

留在針柄的餘溫

堆積成的斷線

空虛　單行道

只能截斷緣分

盼　相縫

第七屆古亭青年文藝獎新詩組佳作

告　白

陳佳佑

民國 93 年生生於台北市，現在就讀古亭國中美術班。熱愛繪畫與運動，
在老師的開導下逐漸對寫詩有了興趣。我認為繪畫與寫詩一樣，都需要
天馬行空的想像力，也讓我體驗到了寫詩的樂趣。

告　白

陳佳佑

十指的律動
敲打著曖昧的密碼
聲聲　是對你
毫無瑕疵的慕念
想按下 enter
把我的心
鍵入你的心

圖／陳佳佑

邂逅古亭的56朵芳菲

應聲者之歌

吳于杏

民國 89 年生於新北市，現就讀北一女中。喜歡垃圾食物跟八小時睡眠，
沉迷於快餐文學。寫東西雖然傷腦筋，但寫完之後還是蠻開心的。曾獲
得台北市青少年學生文學獎、新北市文學獎、全球華文學生文學獎、大
嘉文學獎、菊島文學獎、古亭青年文藝獎。

應聲者之歌——蟬

吳于杏

自腹部第一節的鼓膜聽器
深深淺淺的
傳出點點聲響
我將天空的重量偏移於地心上
傾聽土壤裡頭
豐美的小世界
平凡的黯淡裡
蘊藏著生機與光采

你說，你幻想我自深邃蒼老
且美好的另一個次元出生
若非如此
何以襯上我在秋日雨空中
彷若入定老僧般靜好的梵唄
寂寂寂寂，極寂極寂
任憑空氣醞釀著柔潤情緒

於蒼老的森林，抑
或城市喧囂中
如斯吞噬著一切，除卻永恆以外的事物
逝者與噬者本質同樣
我生命的時限，半個月（而你們的七十年）
獨於此刻
共鳴腔早已脹滿　我鼓足全身的力量
回應自然透明的歌唱
依著水泥鋼筋應聲著的應聲者們

圖／林莫凡

邂逅古亭的56朵芳菲

我那睡醒的貓咪

顏子騂

民國 93 年出生於台北市，現就讀於古亭國中美術班。自認為是「不會爬，就會跑」的「異類」。對圍棋、花式跳繩、自然觀察、繪畫都有濃厚的興趣。曾獲中華維德文化協會維德獎「分享你知道的好人好事」徵文比賽銀獅獎、台北市國民小學交通導護志工二十年「謝謝您的守護」徵文比賽佳作、古亭青年文藝獎新詩組優選。

圖／顏子騂

我那睡醒的貓咪

顏子騂

靜靜睡著　睡著
睡成一尊線條柔美的雕像
一如神秘而幽靜的小山丘
那高低起伏的稜線
就這樣蜷縮成一個香甜的小宇宙

小宇宙香甜的蜷縮成搖不醒的夢境
靜靜睡著　睡著
直到——
一股鮪魚的香氣
嘩！
從罐頭開口飛散而出
像游魂一般
鑽入貓咪
靈魂之門的鼻
掀開貓咪
靈魂之窗的眼

頓時貓咪的夢境
是從沉睡的小宇宙中
解放的、飢渴的欲望
喵─喵─喵─
我的心
此時是被一聲聲激起的
滿是漣漪的
滿是憐愛的
湖

第七屆古亭青年文藝獎新詩組優選

邂逅古亭的 56 朵芳菲

邂逅古亭的56朵芳菲

水族箱

羅椿筳

民國 93 年出生於台北市，現在就讀古亭國中。平時除了忙著耍廢，偶
爾也會畫個漫畫，長大後想做的事很多，不過最想要的還是吃遍世界美
食。雖然寫詩的時候，覺得腦細胞死了很多，但完成後又像是多達成了
一項里程碑，很開心。曾經獲澎湖縣菊島文學獎、台北市青少年文學獎、
《北市青年》金筆獎、古亭青年文藝獎。

水族箱

羅椿筵

在夢境深處緩緩發亮
一只典雅的魔法盒
劇本的精華　潺潺
舞動的思緒
飾演　魚之化身
柔和的　時間為它們上色

圖／羅椿筵

隔著　一堵透明的陌生
我注視著
屬於另一個世界的故事

聽他們講述
角色　紛著
模擬海豚的熱情
效仿鯨魚的沉穩
向鯊魚商借而來的霸氣
卻始終尋覓不到
珊瑚礁所蘊載的深情

在缸口的水面上
我划著夢想的獨木舟
小心等待著
深怕驚擾
如幻一般的傳說

一隻隻的青春　悠游
一尾尾的希望　躍起
　瞬間的燦爛　稀薄了空氣
　你以曼妙身姿
　喚醒真理的那一刻　落下
　激盪的浪花
　會是我夢寐以求的感動？

第十一屆台北市青少年學生文學獎國中新詩組優選

邂逅古亭的56朵芳菲

印表機

梁舒婷

民國 92 年出生於台北市，現在就讀古亭國中，曾獲得台北市青少年文學獎優選。自國中階段開始認識新詩，在老師教導之下，知道自己有許多不夠的地方，希望以後能多看書並且繼續突破。

印表機

梁舒婷

（列印）

從螢幕　到紙張

經歷的過程

文字的吸引

圖形的變化

印出一張

友誼的怡悅

（卡紙）

途中的曲折

紙張　厚度的差距

訴說了怨恨

重疊無數張

想和解的夢　碎裂

崩壞的友誼

傷痕的累積

羈絆　到此結束

（重印）

找出錯誤點

形成完美的作品

按下列印

回歸歡樂時光

期待的心情

困惑的態度

顯露在　慌恐的我

第十一屆台北市青少年學生文學獎國中新詩組優選

圖／梁舒婷

邂逅古亭的56朵芳菲

面　具

卓佳威

民國 92 年出生於臺北市，現就讀古亭國中，曾經獲古亭青年文藝獎新詩組佳作。平時會研究自己不懂但是感興趣的事物。如果不是老師的導引，我也不會寫出這些作品。謝謝老師！

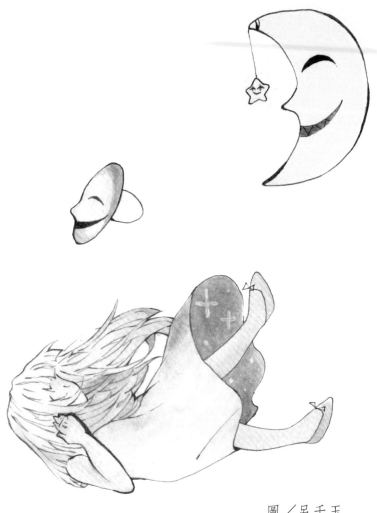

圖／呂千玉

面　具

卓佳威

雕刻　琢磨
雕出高挺的鼻梁
磨出深邃的雙眼
上色　補妝
勾勒迷人的雙唇
捏造真摯的情感
讓表情成為參考資料

眼神如模具般空洞
微笑似玻璃般尖銳
表情像蠟像般僵硬
隱藏在面具下的
是陰？
就像雨天的烏雲？
還是晴？
就像春天的光輝？
還是另一個面具？

第七屆古亭青年文藝獎新詩組佳作

圖／呂千玉

邂逅古亭的56朵芳菲

修正液

徐紫媛

民國 89 年出生於台北市，現在就讀和平高中體育班。我的興趣和專長是溜冰，目前是和平高中溜冰校隊隊員，每天過著訓練的生活。我沒有很多寫作的經驗，在國中的時候，導師會邀請我和同學一起寫作，多虧導師，才讓我踏入這個領域，曾經獲得古亭青年文藝獎新詩組優選、散文組佳作。

修正液

徐紫媛

面對
典型非典型的錯誤
我按捺不住
輕壓身軀
擠出　純潔的精靈
掩蓋各種的是是非非

改變
自己走過的歧路
忘記
計畫中的初始
更動
未來的方向
在一切洗白了之後

在這關鍵之下
凝結成
白皙而耀眼的凍土

不管對錯
不論黑白
所有必要非必要的痕跡
從此覆滅

第四屆古亭青年文藝獎新詩類組優選

圖／呂千玉

邂逅古亭的56朵芳菲

棉　被

彭苡庭

民國 93 年出生於台北市，現在就讀古亭國中。喜愛欣賞同人文，熱愛
一切跟漫威有關的事物，最近在嘗試做動畫，自從第一首詩被老師說很
有潛力，稱讚為「千里馬」之後，就開始一連串的文學創作，並且得到
一些獎項，雖然我覺得有待加強。曾經獲得《北市青年》金筆獎國中新
詩組佳作、古亭青年文藝獎新詩組優選。

棉　被

彭苡庭

覆蓋我的不安
包裹住我的稚嫩
隔絕不熟悉的空氣
阻擋冷漠的侵襲
用一條膚淺的安全感
去逃避酷寒的挑戰
拿一窩毫無說服力的理由
來掩蓋自己的怯懦
讓層層的畏懼
遮蔽我的惰性
恐懼所有的陌生
竄進床鋪的縫隙

沉溺在棉被裡
我保持習慣的平凡
停滯在非凡的夢境

圖／彭苡庭

第七屆古亭青年文藝獎新詩組優選

邂逅古亭的56朵芳菲

紙船

呂宸安

民國 95 年出生於台北市，目前就讀古亭國中。當我得知我的作品入選的時候，心裡既興奮又高興。我很喜歡閱讀和寫作，但是國小的時候，學校從來沒有舉辦過這類的比賽，所以這是我第一次投稿，謝謝老師們對我的肯定，以後我會更努力練習我的文筆。

紙　船

呂宸安

沒入浪潮
隨著水流緩緩移動
無法解讀的聲響
伴隨著胡思亂想　入夢
恐懼
一點一點在未知的四周　發酵
希望
一片一片在寒冷的身旁　剝落
無奈的
在波濤中漸行　漸遠

圖／秦桐彤

邂逅古亭的56朵芳菲

水　餃

王俊元

民國 90 年生於台北市，現就讀士林高商。曾獲台北市青少年文學獎國中新詩組佳作、《北市青年》金筆獎國中新詩組佳作、網安文采獎國中組佳作、古亭青年文藝獎新詩組首獎。

平時喜歡打球、玩電腦，常常在想以後要做啥，但都沒什麼結果，希望在漫漫人生中能找到屬於自己的目標。平時不常寫長詩，但是很想寫出一首有意思的長詩。

圖／徐宜廷

水　餃

王俊元

把月光壓成外皮
內餡是深沉的寂寞
壓緊　封實
小心別讓思念竄出了口
焦慮　沸騰
滿鍋的思念
熟透了早已遺忘的回憶

瀝乾多餘的思緒
放入似鏡的盤中
當那粒粒晶瑩
從沙啞的路程墜下
一一墜下
盤中只剩
映照出的空洞身影

第五屆古亭青年文藝獎新詩組首獎

邂逅古亭的56朵芳菲

茶

藍沁妤

民國 93 年出生於臺北市，目前在古亭國中擔任乖乖好學生。非常喜歡
看小說，也很愛寫文章。當前的目標是考上理想的高中，之後仍舊會繼
續創作，繼續充實自己！曾經獲得古亭青年文藝獎小說組佳作。

茶

藍沁妤

陶瓷　是高尚的外衣
玻璃　是透明的面具
曾想以外在裝飾
卻　無法掩蓋
一眼便能洞悉的實話

清澈的一幅景致
動人的一張面孔
以這樣的妝扮
能不能掩飾
內在的自我

杯底的紛亂放蕩　是真相的紋理
是深藏人心的秘密
若想隱沒逃避
就得一次又一次嘗試
遮掩　世人審視的眼光

圖／藍沁妤

邂逅
古亭的56朵
芳菲

咖　啡

王芃雯

民國 93 年出生於新北市，目前是古亭國中應屆會考生。因為從小就愛
徜徉書海，所以也想寫出一片屬於自己的海洋。曾獲《北市青年》金筆
獎國中新詩組佳作、古亭青年文藝獎散文組優選及佳作。

咖　　啡

王艽雯

將悠遠的歲月消磨
萃取出一小杯
苦澀的舊憶

圖／黃閔湘

邂逅古亭的56朵芳菲

落　葉

吳于杏

民國 89 年生於新北市，現在就讀北一女中。在音 G 宅與小說宅之間沉浮，熱愛一切精神毒品。總是不忍直視以前寫的東西，但還是記得寫出來的當下很開心。曾獲得台北市青少年學生文學獎、新北市文學獎、全球華文學生文學獎、大嘉文學獎、菊島文學獎、古亭青年文藝獎。

落　葉

吳于杏

所有細緻的刻痕
都從秋天裡誕生

無數被埋藏的聲音
碎裂成同一種顏色

圖／屈妍兒

邂逅古亭的56朵芳菲

流星雨

羅椿筳

民國 93 年出生於台北市，現在就讀古亭國中。平時除了忙著耍廢，偶爾也會畫個漫畫，有時間時，也會去金石堂書店的小說區待一個下午。曾經獲澎湖縣菊島文學獎、台北市青少年文學獎、《北市青年》金筆獎、古亭青年文藝獎。

流星雨

羅椿筵

燃燒的碎片
一刀一刀
劃開黑夜的臉龐
在詩人心底留疤

圖／郭子愍

邂逅古亭的 56 朵芳菲

天 空

司惟云

民國 90 年出生於台北市，現在就讀永平高中，曾獲得《北市青年》金筆獎國中新詩組第一名。

嘿，我是司惟云，你好，我的那些貓，也許正在做著相當堅強的夢。希望世界和平，祝你今天也可以過得很美好！

圖／司惟云

天　空

司惟云

天空昨天心情不好
黑黑的
醜醜的
聰明的小白雲
飄
幫天空擦乾眼淚

今天天空心情很好
可愛的小彩虹
跳
陪天空快樂的玩耍

明天天空心情也會很好

第廿二屆《北市青年》「金筆獎」
國中新詩組第一名

邂逅古亭的 56 朵芳菲

色鉛筆

陳貞廷

民國 93 年出生於新北市，現在就讀古亭國中美術班。曾經獲得《北市
青年》第 24、25 屆金筆獎國中新詩組佳作、古亭青年文藝獎新詩組佳
作。我是一個熱愛藝術的人，本來覺得自己跟寫詩沾不上邊，但是自從
寫了詩之後，就喜歡上了有趣的詩。我覺得詩和藝術一樣，都很需要耐
心，可是完成之後，就會很有成就感。

圖／陳貞廷

色鉛筆

陳貞廷

炙烈　紅
溫暖　橙
平穩　藍
無終點的　黑

條紋　如絲
縷縷連線
細細的描
輕輕的塗
編織成　網

抓到了　抓到了
美麗的夢

第廿五屆《北市青年》「金筆獎」國中新詩組
　　　　　　　　　　　　　　　佳作

青蛙只會唱一首歌

卓佳威

民國 92 年出生於臺北市，現就讀古亭國中。平時喜歡沉浸於文學和音樂交織的海洋中，最近在嘗試從來沒碰過的剪輯。寫作題材廣闊，腦海中想到什麼就寫什麼。曾獲古亭青年文藝獎新詩組佳作。

青蛙只會唱一首歌

卓佳威

青色的舞台上
蛙群齊聲鳴叫
只是單純的音調，難免
會帶來少許枯燥
唱著獨特的旋律
一顆純真的心裡
首次盪起了漣漪，但是
歌詞只有——呱呱呱

圖／彭苡庭

紙　鶴

陳貞廷

民國 93 年出生於新北市，現在就讀古亭國中美術班。七年級的時候，
楊老師開始指導我寫詩，一開始有一點畏懼，可是寫了幾次之後，我就
開始喜歡寫詩了。曾經獲得《北市青年》第 24、25 屆金筆獎國中新詩
組佳作、古亭青年文藝獎新詩組佳作。

紙　鶴

陳貞廷

輕盈的身軀
仔細的摺疊
用逍遙的夢想
為它裝上雙翼
用細膩的心
為它彩繪生命
每片飛羽都是我的期待
鼓動喜悅翱翔

我躍上它的背
它輕輕的帶我飛
乘著曙光
飛向雲端

然後
我們和旭日賽跑
再和晨風比誰的肺活量大
接著
我們和太陽說再見
和繁星對話
找出躲在羊群裡的月亮

慢慢
慢慢的
我在柔軟的羽翼中
飛向了夢鄉

第廿四屆《北市青年》「金筆獎」國中新詩組佳作

圖／陳貞廷

追　夢

郭家伶

民國 89 年出生於台北市，現在就讀中山女高。喜歡閱讀科幻小說、聽音樂和看電影。很關心生活周遭的事，寫作取材環繞著生活經驗。曾獲台北市青少年文學獎國中新詩組佳作、台灣癲癇醫學會人間有情關懷癲癇徵文比賽國中組第二名、古亭青年文藝獎新詩組首獎與優選、古亭青年文藝獎散文組佳作。

圖／周加恩

追　夢

郭家伶

夢想的幽密　唯美卻無解
我迷茫的迴盪
張開臂膀　想乘風而去
窺探詭祕的蒼穹

縷縷微風吹奏著玄妙的樂章
為單調的五線譜　增添活潑的音符
喚醒沉溺在夢魂中的我
睜開雙眸　眺望無邊的地平線
憧憬開始騰湧

背脊緩緩隆起羽翼
高舉翅膀　雙腳奮力一蹬
朝向未知的雲層
我回首逐漸隱沒的世界
越昇越高　追尋希望的蹤跡

滿天烏雲　遮掩溫暖的餘暉
雨水編織成密網
層層綑綁我的勇氣
雷霆迎面劈砍
阻不斷我對未來的嚮往

依稀聽到熾熱的心在悸動
一道迷人的曙光，頓時
灑落黑暗的角落
我舀起一點餘光　抹拭疲憊
掙脫結網的雲霧
走入刺眼而絢麗的世界
額上的汗水化作鹹中帶甘的淚珠
倒映著　動人而自信的面容

兜　　圈

林珈羽

民國 90 年生於新竹市，現在就讀國立臺北商業大學企業管理科。平時熱愛戶外運動，偶爾會看商業類文章，其中籃球是我最常從事的運動，常於空暇時間與三五好友一起到球場揮灑汗水。曾獲台北市青少年文學獎國中新詩組佳作、《北市青年》金筆獎國中新詩組佳作。

兜　圈

林珈羽

以時間為筆劃
抄寫一場課業輪迴
滴滴點點
反反覆覆
在既定的軌道　環繞

束縛的鐘面
規律地提醒
每一回六十下的撞擊
撞擊　眼角淌下的汗滴
與原子筆水
黑色　紅色　藍色　交錯
抹亂了青春的公式
消瘦的字跡
怎麼能填補
數字與數字之間的縫隙

一疊又一疊的積鬱
一圈又一圈的逃亡
無魂的傀儡　我
徬徨於晝夜的擠壓
原本固守的堅持
早已被十二個刻度　吞噬

駐足在軸心
赫然發現
歷經無數次的輪迴　景色
仍是　最初起步的那一劃

第十屆台北市青少年學生文學獎國中新詩組佳作

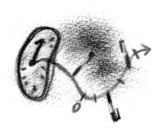

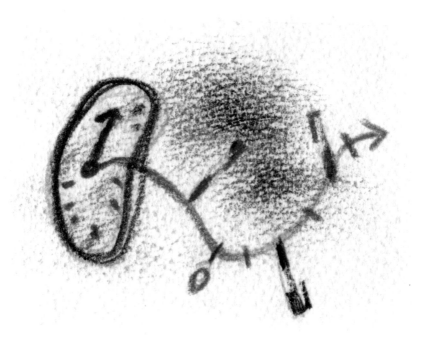

圖／屈妍兒

如果　睏

王怡婷

民國 92 年出生於臺北市，現在就讀馬偕護專。曾獲台北市青少年文學獎國中新詩組佳作、《北市青年》金筆獎國中新詩組第三名、古亭青年文藝獎新詩組佳作。目前正在努力開拓自己對於詩詞的認知，並寫出更加優秀的作品。

圖／呂佳凌

如果　睏

王怡婷

如果　睏
摺起手腕
撐住夢的重量

如果　睏
打個哈欠
讓意識溜出眼眶

如果　睏
點頭回應夢的呼喚
直到
朦朧的眼神　抓不住光

夢　如果
打包不少時間
足跡留下
片片花紅
睜不開的雙眸
是休憩的蝶還未離去

如果　睏
記得先墊個枕
免得夢太沉
壓垮
意識的高牆

第十二屆台北市青少年學生文學獎國中新詩組佳作

規　則

高暐媂

民國 93 年出生於台北市，現在就讀古亭國中。熱愛舞蹈及表演，個性
活潑開朗，但是有時也會比較膽小害羞。
國小時曾經寫過童詩，並且得過獎，開始覺得詩還蠻有趣的。到了國中
遇到良師，漸漸對詩有更多不同的了解和體會。曾經獲得《北市青年》
金筆獎國中新詩組第一名、古亭青年文藝獎新詩組佳作和散文組佳作

規　則

高暐媄

主詞：
為何我總要站在前方，
為後頭阻擋風雨？

動詞：
為何主詞總搶我風頭？
明明少我就不成句！

受詞：
為何我得默默承受，
沒有拒絕的權利？

形容詞：
為何我每天當跑腿，
只為形容人或物！

副詞：
為何我只能當副手，
跟隨別人的腳步？

滿腹委屈
只為遵守規則

第廿五屆《北市青年》「金筆獎」國中組新詩組第一名

圖／高暐媡

解　誤

李芷萱

民國 93 年出生於台北市，畢業於國語實小，目前就讀古亭國中。曾獲
新北市文學獎青春組散文佳作、長庚生物科技感恩創作活動國中新詩組
佳作、古亭青年文藝獎新詩組佳作。我在五年級暑假自學了二到六階的
魔術方塊，平時很喜歡玩，也是在玩的過程中，決定拿它做為這首詩的
題材。

圖／李芷萱

解　誤

李芷萱

謬誤凝成的方塊
驄仕片面攏佈
紊亂　糾結迷茫的剖斷
話語為和諧
睽違　覺醒的轉圜

記憶　在隱晦中打轉
公式頑固我的憾恨
疲憊伺機收服　癱瘓的苦思
錯是遲鈍纏縛落魄
陷入　誤解切割的井字
消沈的跟進無稽

六面行動　機率驗算
速寫翻轉的解析
誠懇的殘影一如色塊
撞擊　摩擦
思索還在瘖默

燎原的野火
憑藉輾轉的解釋
足夠澆熄？

化　妝

彭苡庭

民國 93 年出生於台北市,現在就讀古亭國中。喜歡塗鴉、聽音樂、看漫威系列的英雄電影。自從受到國中老師的文學啟蒙,發現自己並不是那麼無能。曾經獲得《北市青年》金筆獎國中新詩組佳作、古亭青年文藝獎新詩組優選。

圖／彭苡庭

化　妝

彭苡庭

抹去錯誤

將虛假擦上

撲起偽裝

讓謊言塗掉

暈開真實

把朦朧刷上

模糊你我距離

抹淡特殊距離

深描社會主流

裝飾你對我的完美印象

合理的虛偽

單純的防護

隔絕不必的傷害

第廿五屆《北市青年》「金筆獎」國中新詩組佳作

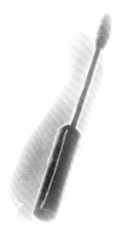

近　視

陳亭妤

民國 92 年出生於嘉義市，從小住在南部，輾轉來到台北就讀古亭國中，
很幸運遇到的好老師，在楊老師的指導下接觸到新詩，簡短字句中隱藏
的「感情」使我有了寫詩的念頭。曾獲得台灣癲癇醫學會人間有情關懷
癲癇徵文比賽國中組第二名、《北市青年》第 24、25 屆金筆獎國中新
詩組佳作。

近視

圖／陳亭妤

近　視

陳亭妤

模糊的視窗
曖昧的眼界
無法聚焦的鏡頭
似有似無的景色
在嚴酷的競技中
我是失格的參賽者
被囚禁在名為孤獨的窗

窗的對岸
世界清晰　卻模糊
我　空蕩蕩的宇宙
被瀰漫的濃霧　吞噬
從觀景窗眺望
黑暗束縛中
純白的氛圍
是囂張的寂靜

第二十五屆《北市青年》「金筆獎」國中組新詩佳作

年　華

劉書崙

民國 92 年出生於台中市，現在就讀於古亭國中。從小對藝術相關的任
何事有極大興趣，國小時期時常寫詩，但是升上國中之後反而較少接
觸，對於這樣的狀況不免有些遺憾。常常藉由看電影和發呆尋找靈感，
期許未來可以創作出更好的作品。

圖／劉書崙

年　華

劉書崙

曾是孩子的我們
追逐的是童話
旅途的花火
綻放青春的華章
鏡裡的漣猗
漂泊著你的輪廓
告訴了我　你的雙眸
在耀眼的瞬間
追述童年的星光

曾是孩子的我們
都曾種下　青澀的模樣
在雋永的麥田
採收　熟成的既往

夜　車

官于傑

民國 91 年生於台北市,現在就讀台北市立建國中學。痴愛琴棋書畫的隱世少年,對身邊的一切懷有滿滿的好奇心。偶爾也因內心煩悶而在路上飆單車,沖淡生活累積的壓力。曾經獲得古亭青年文藝獎新詩組優選。

圖／徐宜廷

夜　車

官于傑

無盡的漆黑落下　漆黑落下
滲入人群流動的軌跡
無數的光點閃爍　光點閃爍
圍繞市街喧鬧的節奏
煩悶車陣中交錯的雷鳴
規律號誌間耀動的混亂
隨速限忽快忽慢的脈搏
隨脈搏魚貫而出的冷汗
只有窗上的映影　仍欣賞著人聲鼎沸的夜景
方向盤一轉　驅入小巷
無機的秋葉凋下　秋葉凋下
墜入路旁搖曳的花圃
無息的獸影佇立　獸影佇立
凝望屋窗熠熠的燈火
悠悠車軌中注積的水窪
明滅街燈下映出的幽靜
隨景色倏地變換的心情
隨心情漸漸舒張的面容
只剩窗上的映影　仍惦記著斑彩絢爛的夜景

第七屆古亭青年文藝獎新詩組優選

夜

盧欣昀

民國 93 年生於台北市,現在就讀古亭國中。曾經參與「國文衛星資優
方案」,在實踐國中上過陳嘉英老師的課,我在課堂上寫了一首詩,後
來再把整首詩拆散重組,改寫成這首〈夜〉。謝謝老師指導。

圖／陳渼琇

夜

盧欣昀

夢的水波是琉璃的夜色
蜜的星星綴亮了朦朧
淚的小雨稍上願望劃過
幻麗　燦爛了星空
玫瑰　芬芳了銀河
柔雲盛滿皎潔的月光
閃耀深邃的漆黑
夜風　只是夜風
拂不去美麗的夜景
也拂不去浮華的夢境

熄　燈

李芷萱

民國 93 年出生於台北市，畢業於國語實小，目前就讀古亭國中。國中後，不管是上課，或是為了考試，開始讀到了很多的文學作品，覺得有時候文字的組合真的很神奇！曾獲新北市文學獎青春組散文佳作、長庚生物科技感恩創作活動國中新詩組佳作、古亭青年文藝獎新詩組佳作。

熄　燈

李芷萱

路徑朝遠方分散去
耳語和影子齊步走著
回頭撇見
盤錯的岔路
綑綁了
用怯懦敲扣闃黑的小棋子

圖／李芷萱

路　過

李芷葳

民國 93 年出生於台北市，目前就讀古亭國中。曾獲得國立台灣文學館
愛詩網新詩創作獎青少年組佳作、台北市青少年學生文學獎國中新詩組
佳作、古亭青年文藝獎散文組優選。
從小非常喜愛畫圖和看書，文字是很神奇的符號，拼組它們更是深奧的
藝術。期望未來我能創作不輟，繼續進步！

路　過

李芷葳

我只是偶然
路過的一輛車
想在孤單
濺起一點　浪漫

圖／李芷葳

破。殼

秦楠淳

民國 93 年出生於台北市,現在就讀古亭國中。感覺自己好像沒有睡飽的一天,無時無刻都希望能補眠,但就是因為在昏昏沉沉的狀態下才有靈感。國小時期曾經獲萬家香徵文比賽「媽媽的味道」佳作,兒童深耕閱讀網廣播劇第二名「夢想者」,在國語日報上刊登新詩〈天際線的拔河比賽〉。

破。殼

秦楠淳

曲蜷，
直到壓力的臨界點；
掙扎，
直到崩裂的邊緣。
非理性的啼鳴啄破囚禁的硬殼，
血染的喙向空中探問
蹲低是為了更高
飛，
讓狂風梳順羽毛，
讓暴雨洗淨泥爪。

圖／陳芊嬑

如果女人像水

張乃云

民國 89 年生於台北市，現在就讀台北市立和平高中。喜愛閱讀與畫畫，
除了靜態休閒活動，也喜歡運動，尤其是打籃球。曾獲得古亭青年文藝
獎新詩組優選、散文組優選。

如果女人像水

張乃云

如果女人像水
當她們聚集
是一灣溪流
輕聲呢喃　嬉戲玩鬧
濺濺水鳴聲
一綹秀髮
絲絲波紋
透明嫵媚

如果女人像水
晨霧輕巧的
為她蒙上面紗
如漠楞楞的湖面
窈窕　靜謐
碎葉在她水溶溶的臉龐
點綴連漪般的細紋
駐足的歲月數不清

如果女人像水
陰霾跑上了心頭　偷偷的
憎恨　忌妒　悲憤
是大海的波濤洶湧
無人能駐立在這巔峰上
仇恨的漩渦
捲進無辜的漁船

蜷伏的身軀裡
到底是
溪流　湖泊　還是大海
已漸漸暈上了
無解的色彩
這身影上

第四屆古亭青年文藝獎新詩類組優選

圖／樊馨禎

風華再現

高婕玫

民國 93 年生於台北市，現在就讀古亭國中。國小時曾經聽母親說過她曾經擔任校刊編輯，使我也對寫作產生了興趣。身為原住民的我，時常以大自然及生活為寫作題材，曾經獲得《北市青年》金筆獎國中新詩組佳作。

風華再現

——學校老舊樂器彩繪為走廊藝術品

高婕玫

渺茫的冀望
淹沒在暗無天日的寂寞中
虛度的光陰
經由別出心裁的渲染
居然煥然一新
展示在洋溢的青春中
向人們述說
曾經的輝煌

圖／殷心瑜

托漪洌之城

陳汗璨

民國 90 年出生於台北市，現在就讀鶯歌高職。曾獲得新北市文學獎、國立台灣文學館愛詩網新詩創作獎、台北市青少年學生文學獎、大嘉文學獎、古亭青年文藝獎。

三毛曾說：「一個人至少擁有一個夢想，有一個理由去堅強，心若沒有棲息的地方，到哪都是流浪。」

流轉 17 歲的盛夏，仍然追尋的跌跌撞撞，或許這回，靈魂不再無處安放。

圖／徐宜廷

托漪洌之城──下課微旅行

陳汗瑔

行李的輕盈滑在旅行的道上
踏入氤氳蒸騰的水城
商人盤據的一包十塊差別於薄厚
匆匆　便是扭落的行銷誘因

群眾擠至兩旁的隔間商店
傾訴潺潺未知而迷濛
誰人同我　駐足
窺探，大門開合速率
來不及說句謝謝光臨
時間重疊表情反差前後
已輾過

等候一排公共電話亭
為牽掛送流焦躁的終結
留存的，抑是荒蕪
舒緩的氣息
已在話筒掛上無限拉長

後一波推得行李前進那蹌踉
轉彎，市民廣場仍是步影交錯
許願噴水池降臨托漪洌女神的尊容
離開陸續人群照著水面淨洗聖霖

匆匆　填補將在鐘響前抽離全數
灌入的仍是孤寂
教室後門緊閉前刻行李快速游回
剩存遙遠書聲輕盪漣漪
共振再由粉筆摩擦的遠播
伏下一刻引爆的契機
零的歸虛

註：「托漪洌」即 toilet

第九屆台北市青少年學生文學獎國中新詩組佳作

邂逅古亭的56朵芳菲

地球悲歌

黃淑琪

民國 93 年生，現在就讀於古亭國中美術班。我的興趣是畫圖，平常最喜歡畫的是小插圖和漫畫人物，正在學習如何把人物的線條畫得更好。偶爾也會閱讀小說，但是只有在上課的時候才寫一些詩。曾經獲得長庚生物科技感恩創作活動國中新詩組第三名。

圖／黃淑琪

地球悲歌

黃淑琪

我是一片汪洋的大海
自古以來我都是穿上藍藍的洋裝
最近發現洋裝點綴五彩繽紛的亮片
這不是天神給我的彩裝
而是人類給我的寶特瓶

我是一片翠綠的森林
大口大口的呼吸自由自在
最近發現鼻孔骯髒呼吸困難
這不是天神給我的薰香
而是人類給我的廢煙

我是一條蜿蜒的小河
住滿了河蟹魚蝦
最近發現他們搬家了
不是天神趕走他們的
而是人類汙水造成的

我是綿亙萬里的大地
孕育了萬億生靈
最近發現我的身體坑坑洞洞慘不忍睹
唉……
不孝的人類兒女
可曾想過母親的悲哀嗎?

長庚生物科技「106 年感恩創作活動」國中新詩組第三名

邂逅古亭的56朵芳菲

揮別塵濁

李芷萱

民國 93 年出生於台北市，就讀古亭國中。很愛看書和學習，但小時候的興趣其實都與文學不太相關，到了國中才比較有機會接觸寫作，現在覺得偶爾提筆寫些作品是挺有趣的事。平時喜歡射箭、畫畫、看電影、閱讀、做模型。曾獲新北市文學獎青春組散文佳作、長庚生物科技感恩創作活動國中新詩組佳作、古亭青年文藝獎新詩組佳作。

圖／李芷萱

揮別塵濁

李芷萱

冗雜繁忙的景致
灰濛籠罩
燈火　妖豔
烏煙瘴氣
陰霾　隔絕了青澀
世界變得　混沌

清新舒坦的境地
和煦緊擁
綠意　蓬勃
逍遙自得
芬芳　濾出了沉澱
心緒變得　純淨

窗　永遠敞開
一縷風
抒盡　積鬱
洗滌了黯淡
活化了枯槁
綻放　心花
華美的姿態
成為
灑脫的風景

長庚生物科技「106 年感恩創作活動」國中新詩組佳作

邂逅古亭的56朵芳菲

肺

趙恩群

民國 94 年出生於臺北市，現在就讀於古亭國中。平常喜歡看看小說，寫作題材大多來自生活中，包括家人、同學、老師。沒有獲獎經驗，但我仍舊會努力的！

圖／柯垍晴

肺

趙恩群

上升的裊裊
灰白的平凡
推開摯親的角錐
自顧自的逍遙雲遊

扶搖的縷縷
灰白的頻繁
腐至心靈的黑夜
飄飄然的友福同饗

燃起了
糜人的焦香
點綴著
膏上的節操

吸入
絢麗的煙花
嘆息
肺　肺

邂逅古亭的 56 朵芳菲

邂逅古亭的56朵芳菲

篩　網

吳芸宴

民國 94 年出生於台北市，現在就讀古亭國中。我最喜歡的偶像是衛斯理（倪匡小說主角），有空的時候思想會在鋼琴上旋轉，讓琴鍵製造出的文字，透露腦中的點子，毫不隱藏的洩密。沒有獲獎經驗，但依然充滿信心。

圖／吳芸宴

篩　網

吳芸宴

陳舊的藩籬過濾了複雜的思緒
茂密的樹叢過濾了多餘的炙熱
橫亙的山巒過濾了所有的爭執
那麼　神聖的自然
能否過濾　我內心的煩亂
或者讓　披著月衣的森林
用參差的翠綠　篩落灰暗的陰霾
讓世界　純淨吧

圖／黃淑琪

邂逅古亭的56朵芳菲

中元節

余志洋

民國 90 年出生於臺北市，現就讀永春高中。討厭讀教科書，喜愛登山、賞鳥、觀察昆蟲與蜘蛛等自然事物，偶爾也會寫些東西抒發己見與情懷。曾獲國立台灣文學館愛詩網新詩創作獎青少年組首獎、台北市稅捐稽徵處租稅作文大賽國中組佳作、古亭青年文藝獎散文組首獎和新詩組佳作。

圖／樊馨禎

中元節

余志洋

七月　是一把鑰匙

伊呀一聲

開啓那扇塵封已久的門

所有禁忌都游了出來

有的乘著水燈搖搖晃晃

有的攀上孤棚隨旗幟翻飛

更多湧向堆積如山的三牲四果銀紙經衣

更有一不小心摻落煙灰

薰進了眼

化為一滴晶瑩

悄悄地掛在簷角

台灣文學館「2015 愛詩網新詩創作獎」

青少年組首獎

邂逅古亭的56朵芳菲

冉冉升空的熱氣球

顔子馟

民國 93 年生於臺北市，現就讀於臺北市古亭國中美術班。喜愛幻想，腦筋裡總是有許多美好的點子等待開發、運用；是「不會爬，就會跑」的「異類」，對圍棋、花式跳繩、自然觀察、繪畫都有濃厚的興趣。
國小時期曾獲中華維德文化協會維德獎「分享你知道的好人好事」徵文比賽維德銀獅獎、臺北市國民小學交通導護志工二十年「謝謝您的守護」小學生徵文比賽佳作，國中時期曾獲古亭青年文藝獎新詩組優選。

圖／顏子驊

冉冉升空的熱氣球
——臺東鹿野高台所見

顏子騂

即便我沒有老鷹一般遒勁的翅膀
順著清風飄吹的方向冉冉上升
天空中那一朵朵雪白的雲
都是陪伴我緩緩向上的翅膀

飛！飛越綠意青**蔥**的鹿野高台
飛！眺望清澈蜿蜒的卑南溪
飛！俯瞰湛藍無邊的太平洋

飛！要摘下金黃耀眼的太陽
飛！要將我們無盡的愛與盼望
送上更高、更遠的天堂

邂逅
古亭的56朵
芳菲

雙心石滬

林玟均

民國 90 年生於台北市，畢業於古亭國中美術班，現在就讀永平高中美術班。喜歡藝術創作和看電影，平時愛好宅在家享受生活。曾經獲得澎湖縣菊島文學獎國中組現代詩優等。

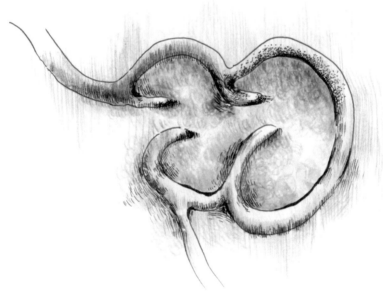

圖／林玟均

雙心石滬

林玟均

玄武岩與珊瑚礁
妝點成虛迷的浪漫
牽引無數相機的快門

淒美的海水
輕輕拍打著交疊的誓言
是誰一廂情願的以為
他們正傾訴著海枯石爛

飾言的交疊
是淪陷生命的幌子
如今卻成了
觸動萬心的雙心

第十七屆澎湖縣「菊島文學獎」國中組現代詩優等

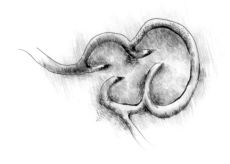

邂逅古亭的56朵芳菲

淚的痕跡

羅椿筵

民國 93 年出生於台北市，現在就讀古亭國中。頭腦總是有一堆的劇本，
不時就會開啟內心的小劇場。喜歡畫漫畫、手作機關和一切新奇的事物。
曾獲澎湖縣菊島文學獎青少年組現代詩首獎、台北市第 11 屆及第 12 屆
青少年文學獎國中新詩組優選、《北市青年》金筆獎國中新詩組佳作、
台灣癲癇醫學會人間有情關懷癲癇徵文比賽國中組佳作、古亭青年文藝
獎新詩組首獎與優選。

淚的痕跡
——倒影中的柱狀玄武岩

羅椿筵

喔，是泰戈爾之思，無邊
銀藍色的海
喔，是辛波絲卡之詩，無際
銀藍色的天
一條線，海平面
好長好長，隔　開
在我腳底下，
是天或是海？

魚群全都飛在天際
我聽到整片地，寧靜
直到，熔岩冷了心
孤獨凝固了寂寞
一行一行，塑成了形
年代流下的詩句

鳥群全都游在海裡
我聽到整片地，氣息
淚水的跫音
與石痕間　共鳴
一行一行，塑成了形

風化後的詩句
是天或是海？

第二十屆澎湖縣「菊島文學獎」青少年組新詩首獎

圖／蔡佳蓁

邂逅古亭的56朵芳菲

詩的可能

李芷葳

民國 93 年出生於台北市，目前就讀古亭國中。曾獲得國立台灣文學館愛詩網新詩創作獎青少年組佳作、台北市青少年學生文學獎國中新詩組佳作、古亭青年文藝獎散文組優選。
詩是腦中的一小段故事，它曾是凌亂的記憶碎片。感謝老師教我寫詩，教我淬煉想法的技術。

圖／李芷葳

詩的可能

李芷葳

白晝的煙火
在沉默已久的大地　迸發
燦爛街巷的
陽光是絕佳的底色
一頁鮮綠的信箋
點點繽紛寫著
來自春天　我想
自己是否也有
像花的可能

潮水撿拾一片片
嬉戲的印記
收藏在澎湃中
雕琢岩礁的細膩獨白
等待遙自月球的叩問
夏艷浸沒腳踝　我想
自己是否也有
像海的可能

老樹畫下換季的輪廓
時光再度捲起
陣陣撲向臉龐
蕭颯的風　我想
自己是否也有
從枯枝萃出　涓滴的歲華
望穿夜色流入溪水的
一縷幽思
在寒冬中緊握
筆管的溫熱
像詩人的可能

第十二屆台北市青少年學生文學獎國中新詩組佳作

古亭詩路

(2011～2018)

古亭詩路（2011～2018）

❀ 2011.10. 劉增銘校長創辦第一屆古亭青年文藝獎，設立新詩組、散文組、小說組、繪畫組、創意表現組競賽，各組均不分年級向全校同學徵稿。

❀ 2012.3. 第一屆古亭青年文藝獎揭曉，陳玉蓮〈田徑〉獲選為新詩組首獎。

❀ 2012.5. 古亭國中校刊《古亭青年》87 期出刊，刊載學生詩作 8 首。

❀ 2013.1. 陳玉蓮〈澎湖情詩三帖〉榮獲第十五屆菊島文學獎國中組現代詩首獎。

❀ 2013.3. 第二屆古亭青年文藝獎揭曉，歐陽如昕〈萬花筒〉獲選為新詩組首獎。

❀ 2013.5. 余曉晴〈尋詩〉榮獲第七屆台北市青少年學生文學獎國中新詩組優選，陳玉蓮〈日月潭戀歌〉榮獲同組佳作。

❀ 2013.5. 古亭國中校刊《古亭青年》88 期出刊，刊載學生詩作 11 首。

❀ 2013.12. 吳于杏〈山神自語〉榮獲第一屆大嘉文學獎國中小現代詩組第一名。陳汗琛〈記憶的嘉義〉榮獲同組第三名。

❀ 2014.3. 第三屆古亭青年文藝獎揭曉，劉映萱〈旋〉獲選為新詩組首獎。

❀ 2014.5. 吳于杏〈尋‧詩〉榮獲第八屆台北市青少年學生文學獎國中新詩組首獎。

❀ 2014.5. 古亭國中校刊《古亭青年》89 期出刊，刊載學生詩作 8 首。隨刊印行學生詩作書籤劉映萱〈旋〉、譚善玲〈甦醒〉兩張。

❀ 2014.10. 陳汗琛〈題組〉榮獲第四屆新北市文學獎青春組短詩第三名，吳于杏〈情歌‧鬼針草〉榮獲同組佳作。陳汗琛〈題組〉一詩由新北市文化局製成海報，展示於捷運車廂。

❀ 2015.3. 第四屆古亭青年文藝獎揭曉，郭家伶〈時空交會〉獲選為新詩組首獎。

❀ 2015.3. 司惟云〈天空〉榮獲《北市青年》第廿二屆金筆獎國中組新詩第一名。吳佳宜〈沙漏〉榮獲同組新詩佳作。

❀ 2015.4. 林玟均〈雙心石滬〉榮獲第十七屆菊島文學獎國中組現代詩優等。

❀ 2015.5. 郭家伶〈情有獨鐘〉、陳汗琭〈托漪洌之城〉分別榮獲第九屆台北市青少年學生文學獎國中新詩組佳作。

❀ 2015.5. 古亭國中校刊《古亭青年》90 期出刊，刊載學生詩作 9 首。

❀ 2015.6. 吳于杏〈月台〉榮獲第三十三屆全球華文學生文學獎國中組新詩佳作。

❀ 2015.6. 錢品仔〈春——娉婷的季節〉榮獲長庚生技感恩創作活動國中組新詩佳作。

❀ 2015.8. 古亭國中輔導室製作「古亭詩籤」一套六張，包括郭家伶〈追夢〉、林敏華〈上課窗外〉、吳于杏〈落葉〉、王之聿〈花繪〉、司惟云〈天空〉、陳汗琛〈題組〉六首。

❀ 2015.8. 姚登耀、喻慶華、趙恩杰、李佳玲、李宜璇參加文化部中學生現代詩金頭腦競賽區域初賽榮獲北區國中組第三名。

❀ 2015.11. 余志洋〈中元節〉榮獲國立台灣文學館 2015 愛詩網徵文活動新詩創作獎青少年組首獎。陳汗琛〈夜夏河上洲〉榮獲同組佳作。

❀ 2016.1. 吳于杏〈石之紀年〉榮獲第十八屆菊島文學獎青少年組現代詩優等。

❀ 2016.3. 第五屆古亭青年文藝獎揭曉，王俊元〈水餃〉獲選為現代詩組首獎，吳于杏〈春天〉獲選為短詩組首獎。

❀ 2016.3. 林采穎〈離別樹〉榮獲《北市青年》第廿三屆金筆獎國中組新詩第三名。王俊元〈夜．行者〉、林敏華〈畫〉、吳佳宜〈青春．回憶〉、林珈羽〈燦爛的笑〉、王之聿〈花繪〉、蔡佩宜〈耳機〉、司惟云〈天燈〉榮獲同組佳作。

❀ 2016.4. 吳于杏〈潮生〉第五屆新北市文學獎青春組短詩佳作。

❀ 2016.5. 林珈羽〈兜圈〉、王俊元〈我收到一封郵件，來自夏天〉分別榮獲第十屆台北市青少年學生文學獎國中新詩組佳作。

❀ 2016.5. 古亭國中校刊《古亭青年》91 期出刊，刊載學生詩作 12 首。

❀ 2016.6. 古亭國中編印《舞穗：古亭青年文藝獎五週年精華集》，萬卷樓圖書公司出版。《舞穗》收錄古亭國中學生校內校外文學競賽優勝作品，包括現代詩 60 首。

❁ 2016.6. 古亭國中舉辦第 52 屆畢業典禮主題詩徵選，郭家伶〈致想望，第 52 首詩〉中選，詩作內容展示於畢業典禮請柬和主題看板。

❁ 2017.3. 第六屆古亭青年文藝獎揭曉，屈妍兒〈俘虜〉獲選為新詩組首獎。

❁ 2017.3. 張楚秦〈天亮了〉、王芃雯〈糖果〉、高婕玫〈夏〉、陳亭妤〈字〉、羅椿筳〈泡泡〉、于雨仟〈包子〉、陳貞廷〈色鉛筆〉分別榮獲《北市青年》第廿四屆金筆獎國中組新詩佳作。

❋ 2017.5. 羅椿筵〈水族箱〉、梁舒婷〈印表機〉分別榮獲第
十一屆台北市青少年學生文學獎國中新詩組優選。

❋ 2017.5. 古亭國中校刊《古亭青年》92 期出刊，刊載學生詩
作 6 首，隨刊印行學生詩作書籤邱湘婷〈水中月〉、屈妍
兒〈鄉思〉、羅椿筵〈水族箱〉三張。

❋ 2017.6. 黃淑琪〈地球悲歌〉榮獲長庚生技感恩創作活動國中
組新詩第三名，李芷萱〈揮別塵濁〉榮獲同組佳作。

❋ 2017.11. 李芷葳〈尋詩列車〉榮獲國立台灣文學館 2017 愛
詩網徵文活動新詩創作獎青少年組佳作。

❀ 2017.12. 羅椿庭〈淚的痕跡〉榮獲第二十屆菊島文學獎青少年組現代詩首獎。

❀ 2018.3. 第七屆古亭青年文藝獎揭曉，羅椿莛〈鏡面〉獲選為新詩組首獎。

❀ 2018.3. 高暐婖〈規則〉榮獲《北市青年》第廿五屆金筆獎國中組新詩第一名，王怡婷〈如果我還有〉榮獲同組第三名，陳貞廷〈紙鶴〉、張馥年〈鏡子〉、彭苡庭〈化妝〉、陳亭妤〈近視〉榮獲同組佳作。

❀ 2018.5. 羅椿筵〈煮詩〉榮獲第十二屆台北市青少年學生文學獎國中新詩組優選。李芷葳〈詩的可能〉、王怡婷〈如果　睏〉分別榮獲同組佳作。

❀ 2018.5. 古亭國中校刊《古亭青年》93 期出刊，刊載學生詩作 7 首，隨刊印行學生詩作書籤羅椿筵〈煮詩〉、王怡婷〈如果　睏〉、李芷葳〈詩的可能〉三張。

❀ 2018.9. 古亭國中學務處舉辦第 56 屆校慶徵詩競賽，七年級特優呂宸安〈紙船〉，八年級特優顏子駪〈冉冉升空的熱氣球〉，九年級特優李芷葳〈路過〉、王芃雯〈咖啡〉、李芷萱〈熄燈〉。

❀ 2018.11. 古亭國中編印《邂逅古亭的 56 朵芳菲》詩集，萬卷樓圖書公司出版。

編輯感言

編輯感言

邂逅古亭的 56 朵芳菲

輯五十六首青春的詩，編一冊綺麗的夢

楊維仁

一所學生總數只有四百人的小型學校，想要自行編印一本學生詩集，並不是件容易的事。首先，校內學生先要有數量充足的作品，而且這些作品也要有一定的文學水準；其次，還要有能夠全力支持藝文活動的校長和行政團隊；最後，也要有願意付出心力的編輯人員。幸好，以上這些問題對古亭國中而言，恰好都不是什麼太大的問題。

古亭國中自從七年前開始舉辦「古亭青年文藝獎」以來，大幅提升校內文學寫作的風氣和水準，而古亭學子近年來參加全國等級或台北市的文學競賽，也是成果斐然，這使得稿件的來源並不缺乏；再者，非常感謝古亭國中林泰安校長、鍾勝華主任、羅嘉明組長鼎力支持，使得編輯事務得以順利推動；當然，感謝本校國文老師和美術老師配合編輯與美編，終於完成了這項艱難的任務。

因為詩集出版時間恰逢古亭國中五十六週年校慶，所以我們選錄了學生詩作五十六首，以《邂逅古亭的 56 朵芳菲》作為書名，作為五十六週年校慶的獻禮。詩集中作品的來源，有校外各項文學獎得獎的詩作，也有校內「古亭青年文藝獎」和徵詩比賽優勝作品，另有一小部分是老師推薦或學生自薦的佳

作，最後由主編決選出五十六首。這五十六首詩，包含在校學生詩作三十六首，以及近三年畢業校友當年就讀古亭的作品二十首。其實本校學生得獎詩作甚多，可惜礙於本書的篇幅限制，只能割愛為數不少的優秀作品，我個人對於這些滄海遺珠，致上深深的憾意。

這本詩集的另一項特色，是書中五十六首詩的插畫，全都由本校學生親自繪製完成，甚至還有為數不少的作品，插畫是由詩人親自繪製，這在青少年學生詩集中，應該是破天荒的創舉！我特別要感謝林昕曄老師、江紫維老師、王家笛老師在插畫繪製過程中對於學生的指導，也感謝三位老師協助本書的美編工作。

我是一個古典詩的愛好者和創作者，雖然曾經編輯過多本古典詩集，但這卻是我第一次編輯現代詩集。我以戰戰兢兢的心態從事編務，但是礙於自己的學識經驗仍然不足，如果這本詩集有什麼缺失，應該都是我的責任，懇請作者寬恕，也請讀者海涵。

文化生活叢書・詩文叢集 1301040

邂逅古亭的**56**朵芳菲

製　　作	林泰安	
主　　編	楊維仁	
編　　輯	羅嘉明　詹培凱	
美　　編	林昕曄　江紫維　王家笛	
封面設計	王家笛	
臺北市立古亭國民中學		
發 行 人	陳滿銘	
總 經 理	梁錦興	
總 編 輯	陳滿銘	
副總編輯	張晏瑞	
編 輯 所	萬卷樓圖書（股）公司	
發　　行	萬卷樓圖書(股)公司	

臺北市羅斯福路二段 41 號 6 樓之 3
電話 (02)23216565
傳真 (02)23218698
電郵 SERVICE@WANJUAN.COM.TW
大陸經銷
廈門外圖臺灣書店有限公司
電郵 JKB188@188.COM
香港經銷
香港聯合書刊物流有限公司
電話 (852)21502100
傳真 (852)23560735

ISBN 978-986-478-222-2

2018 年 11 月初版

定價：新臺幣 300 元

如何購買本書：

1. 劃撥購書，請透過以下帳號
   帳號：15624015
   戶名：萬卷樓圖書股份有限公司
2. 轉帳購書，請透過以下帳戶
   合作金庫銀行 古亭分行
   戶名：萬卷樓圖書股份有限公司
   帳號：0877717092596
3. 網路購書，請透過萬卷樓網站
   網址 WWW.WANJUAN.COM.TW

大量購書，請直接聯繫，將有專人
為您服務。(02)23216565 分機 10

如有缺頁、破損或裝訂錯誤，請寄回
更換

國家圖書館出版品預行編目資料

邂逅古亭的 56 朵芳菲 / 楊維仁主編
-- 初版 .-- 臺北市：萬卷樓，2018.11.
　面；　公分.
ISBN 978-986-478-222-2(平裝)

859.8　　　　　　　　　107017036